Lee Aucoin, *Directora creativa*
Jamey Acosta, *Editora principal*
Heidi Fiedler, *Editora*
Producido y diseñado por
Denise Ryan & Associates
Ilustraciones © Susy Boyer
Traducido por Santiago Ochoa
Rachelle Cracchiolo, *Editora comercial*

Teacher Created Materials
5301 Oceanus Drive
Huntington Beach, CA 92649-1030
http://www.tcmpub.com
ISBN: 978-1-4807-2996-4

Boris se mantiene en forma

Escrito por Sharon Callen
Ilustrado por Susy Boyer

A Boris el basset no le gustaba salir. No le gustaban el viento, la lluvia, el sol y la nieve. Lo hacían sentirse malhumorado.

Todos los días, iba al parque Canino. Se sentaba y observaba a los otros perros ejercitarse.

Un día, Polly Poodle brincó frente a él.
—Eres muy perezoso —ladró—. Nunca haces ejercicio. ¡No podrías perseguir ni a una mosca!

—Hago ejercicio todos los días —dijo Boris. Polly simplemente se rio.

Boris entró corriendo a casa. Comió un refrigerio saludable. Luego, se puso su ropa de gimnasio. Era hora de hacer su ejercicio diario.

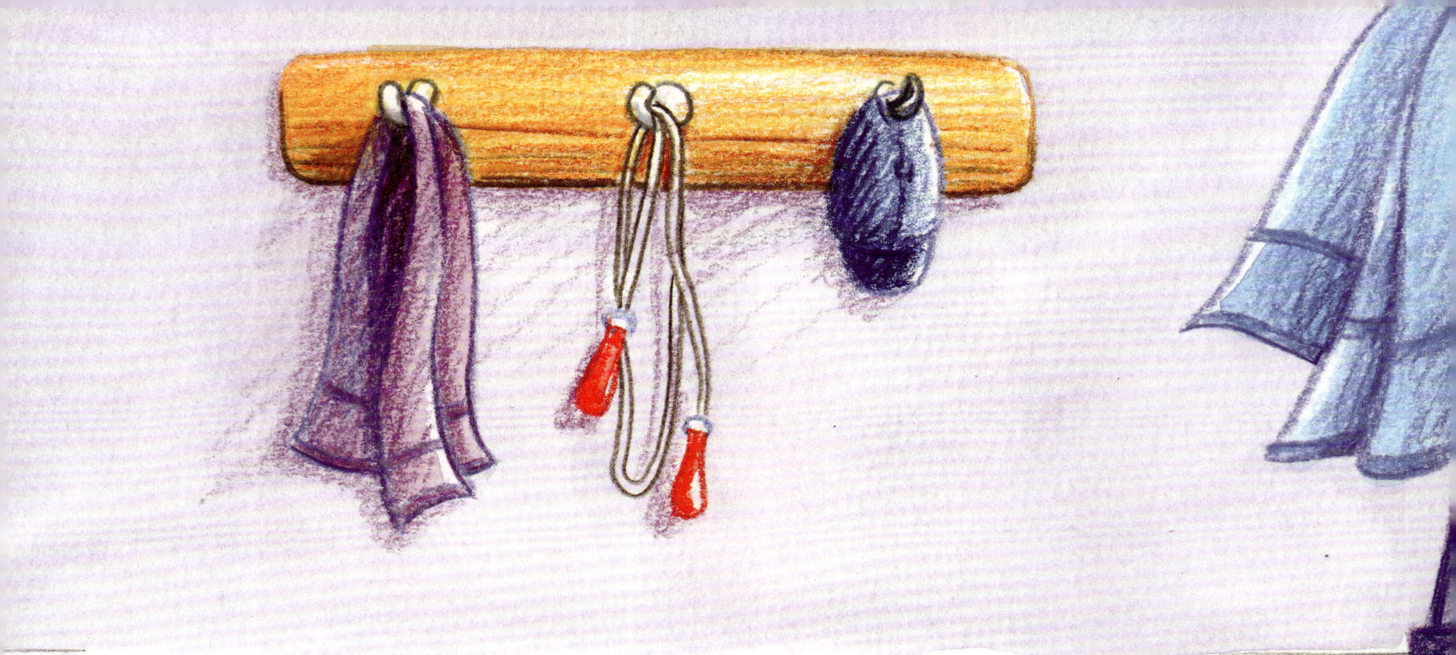

Boris calentó. Luego, corrió en la banda caminadora. Hoy sentía ganas de correr muy lejos.

Boris saltó la cuerda durante cinco minutos. Hizo diez flexiones. Luego, hizo otras diez. Le gustó sentir sus patas fuertes.

Hizo cinco minutos de bicicleta. Por último, levantó pesas. Sabía que esto le ayudaba a mantenerse en forma. Al final, se duchó.

Al día siguiente, Boris fue al parque
Canino. Polly estaba esperando.

—¡Ah, eres tú, Boris! Eres muy perezoso. Nunca haces ejercicio. ¡No podrías perseguir ni a una mosca!

—No. Pero puedo perseguirte —Boris se rio. Luego, persiguió a Polly hasta que ella no pudo correr más.

¡Boris se sintió muy bien!